Рукавичка Ляльок

Народ Ляльок

Присвята

Присвячуємо нашим внукам і внучкам, які є:

Еван Карло Прокоп Трелкельд,
Аркадія Козак Перекліта,
Антін Козак Перекліта,
Кирило Доріян Козак Перекліта,
Александер Юрій Куций,
Марко Юрій Куций,
Христина Маріянна Куций,
Діянна Амалія Куций,
Данило Ігор Юзич,
Марія Олена Стефанія Юзич,
Микола Марко Юзич,
Соня Анна Христина Юзич,
Павло Марко Маріян Качмар,
Андрій Григорій Роман Качмар.

Подяка за підтримку

Христині Байко Козак,
Лорел Світ Шерман,
Ренаті Христині Юзич Куций.

Виконавці

Декорації:	**Ярема Козак**
Одяг:	**Христина Годів Юзич**
Фотографія:	**Марк Гаверд Престон**
	і Марко Евген Прокоп
Режисер:	**Лада Пеленська Прокоп**
Видавець:	**Павло Тиміш Прокоп**

Вступ

Рукавичка є українська народна казка.

Ляльки вбрані в оригінальний гуцульський одяг, який
носять в горах Карпатах.

Оригінальні ляльки звірі є природні звірі України.

Оригінальні декорації представляють природу України.

Oсінім днем проходжувався дід лісом.

Із ним бігла його вірна собачка.

В лісі дід загубив рукавичку.

Він навіть не помітив,
і пішов далі.

Прибігла мишка Скреготушка.
Побачила рукавичку,

Та й сказала: "Тут я хочу жити."

Плигала жабка Скрекотушка.
Побачила рукавичку,

Та й сказала: "Тут я хочу жити."
Вже їх двоє в рукавичці.

**Стрибав зайчик Побігайчик.
Побачив рукавичку.**

"А ти хто такий?"
Запитали його звірі,

"Я зайчик Побігайчик –
Прошу вас впустіть мене."

"Будь ласка."
Вже їх троє в рукавичці.

Прискочила лисичка Сестричка.
Побачила рукавичку, та й сказала:
"Я лисичка. Впустіть мене."

Жабка Скрекотушка сказала:
"Та де там-тісно буде." Одначе, мишка
Скреготушка запросила її.

Вже їх четверо в рукавичці.

Дощ і холод був в лісі.
Звірі сховалися в рукавичку.

Пригнав вовчик Братік.
Побачив звірів-друзів.

Звірам було тепло в рукавичці,
І вони запросили вовчика.
Вже їх п'ятеро в рукавичці.

Присунув здоровенний
кабан Іклан.

Вже їх шестеро в рукавичці.

**Рукавичка затріщала,
І скоро розірвалася.**

**Вийшов ведмідь Набрідь.
Він звірів не злякався,**

**Він їх розсунув,
Та й сам в рукавичку впхався.
Вже їх семеро в рукавичці.**

Аж ось повернулася собачка.
Побачила звірів в рукавичці,
та почала гавкати..

Злякалися звірі собачки,

I ану ж втікати.

Нашій казці кінець.
Минула слава рукавички.

"Спасибі вірна собачко,
Зате, що знайшла мою рукавичку!"
Кінець!

www.ingramcontent.com/pod-product-compliance
Lightning Source LLC
Chambersburg PA
CBHW041542240626
47164CB00002B/104